大切な自分と誰かのために

菅井たいる

文芸社

大切な自分と誰かのために

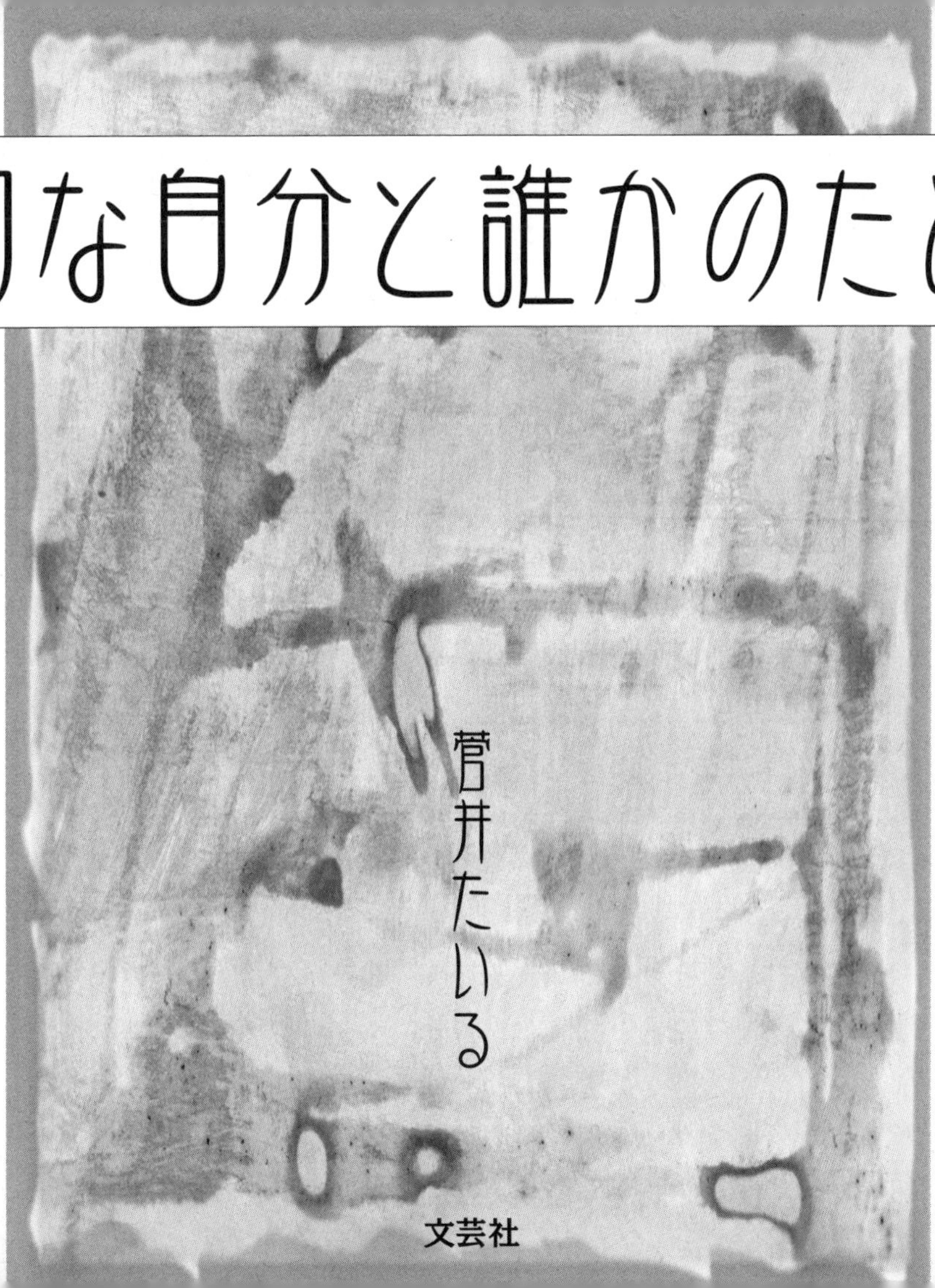

菅井たいる

文芸社

大切な自分と誰かのために／目次

大切な自分と誰かのために

スペシャル機能

おいらの家のビデオデッキはスゴイ奴
ぶっといマニュアルにぎっしり書き込まれた
スペシャル機能
美しいボディにりりしいマスクのカッコイイ奴
でも彼は不満そう
スペシャル機能は眠ったままで
使われる所はしれたもの
ぶっといマニュアルもほこりかぶってら
あんたもそうだよ
人間て奴はスゴイ奴
何が飛び出すかわからんスペシャル機能
ほこりをかぶしちゃもったいないぜ
ほら、あんたのその
スペシャル機能

神様はいそがしい

神様はいそがしい
神様は非常にいそがしいのだ
地球だけでなく
きっと
全宇宙を飛びまわるのだ
今度来るのは百年後？
いやいやそれは千年後？
とにかく、とにかく
いそがしいのだ
待ってなんていられない
だからさぁ
「神様お願い」なんて言わないで
自分の力をふりしぼれ
神はなくても知恵はある
何だってできるさ
俺たち、月に行った人間だもの

ベリーグー

ブルーにむかえた今年もさっ
ここまで来てみりゃベリーハッピー
色々うきしずみもあったけどさっ
ここまで来てみりゃベリーハイ
最悪な時もあったけどさっ
ここまで来てみりゃベリーグー
なんだかんだあってもさっ
今がいいならそれでグー
終りグーなら全てグー
だからねっ
今日も色々あるけどさっ
明日がよければベリーハッピー
泣きたい時もあるけどさっ
最後に笑えりゃベリーハイ
そういやもうすぐメリークリスマス
今年も来年もその次も
あなたといれればベリーハッピー
いっしょにいれればベリーグー

忘れちゃったんだよ

あなたを好きになりました
あなたが好きにさせました
前の失恋いつだっけ？
そんなことは、忘れちゃったんだよ。
あの時スゴく悩んだこと？
そんなことは、忘れちゃったんだよ。
それは、あなたを好きになったから
あなたしか見えていないから
でもまた、フラれちゃったんだよ
でもまた、フラれちゃったんだよ
そしてあの悲しみを思い出したよ
でもきっと、大丈夫だよ
誰かを好きになったとき
誰かを好きにさせたとき
きっと言ってることでしょう
今の気持ちも、暗い過去も
全部、忘れちゃったんだよってね

やってみよう

前に出たら、どう来るか？、
横に行ったら負けるかな？、
ジャンプしたらビックリするか？、
しゃがみ込んだら笑われるかな？、
開けたら何が飛び出すなんて
開けなきゃ全然わかんない
ビビッたところで何も出ない
結局、実際、本当のところ
結果は行動のあとにくる
失敗、玉砕、返り打ち
成功、ラッキー、ハッピーなんて
やってみなきゃわかんない
大きく見える壁だって
近づいて見れば、ハリボテだったり
どでかい岩に見えたって
ハッポースチロールだったりね。

もう一度確認しておこう

当たり前のことですが
一生は一度きり
当たり前のことですが
今日という日は一度きり
当たり前のことですが
昨日は帰ってきませんよ
当たり前のことですが
明日のことなんかわからない
当たり前のことですが
大切なのは、まさに今
当たり前のことですが
もう一度確認しておこう

バイシクル

バイシクルに乗って　物思う
車で通りすぎるにはもったいない
歩いて行くには遠すぎる
風のにおいと大地の色と
光と影と空気の味
温度と湿度と地球の重力
最高速度は自分しだい
命のエンジン　フル回転
そんなこんなで汗かいて
息切らしたりなんかして
バイシクルにまたがって
地球を感じた気がしたのです
命を感じた気がしたのです

さむい夜

心から好きな人に裏切られた夜
心から信じた人に裏切られた夜
今までつみあげてきたもの
やさしく、あたたかく
自分の今もてる全ての愛情をかたむけてきた
それが足元からくずれさる夜
人間なんてそんなもの
ウソついたり、キズつけたり
それでも僕は信じたい、信じつづけたかった
心から愛した人に裏切られた夜
それは
さむい冬の夜でした
さむい冬の夜でした

勝利の過程

勝利の過程に　涙があってもいい
勝利の過程に　失敗があってもいい
勝利の過程に　挫折があってもいい
勝利の過程に　負けがあってもいい
それが勝利の過程なら
全ては無駄ではないのだから

遠い神様よりも

悲しい時、一度だって神様は現れない
つらい時、一度だって仏様は現れない
いつでも僕を救うのは
神でも仏でもなく親友だ
いっしょに笑って、いっしょに泣いて
いっしょに怒って、いっしょにバカやって
この親友というやつを
一生大切にしていこうと思う
一生守っていこうと思う
悲しい時、いつだって親友は現れる
つらい時、いつだって親友は現れる
遠い神様より、近くの親友だな

カップホルダ

「花火を見に行きたい」と
あの夏、あなたは言ったっけ
ゆかたを着てさ、ちょっと恥ずかしそうに笑ってた
車に乗って目的地まで
楽しそうに、あなたの声がはずんでた。
カップホルダに冷たいジュースが並んで2つ
よりそう様にゆれていた。

夏の夜空に咲く花火
遠くの山にこだました
はしゃぐあなたを見つめては
幸せな時を感じてた
あの夏2人で見た花火、今でも心に残ってる
花火に照らされたあなたの姿
今でも心に残ってる

「来年も一緒に来ようね」と
あの時、あなたは言ったっけ
手をつないでさ、歩きながら、静かに僕はうなずいた
車に乗って帰り道
つかれたあなたはねむってた
カップホルダに空のペットが並んで２つ
ささえあう様にゆれていた
夏の夜空に満天の星
サンルーフから眺めてた
ねむるあなたを見つめては
幸せな時を感じてた
あの夏見あげたお星様、今でも心に残ってる
車光に照らされたあなたの寝顔
今でも心に残ってる

寒い冬の夕方に
そんな昔を思い出し．
一人車に乗っている
2つ並んだカップホルダに、さめたコーヒーがポツリとひとつ
外を見れば恋人達
あの日のカップホルダみたいに並んでる
なぜだか僕の瞳から
思い出があふれ、ポツリとひとつ
寒い冬の帰り道
冷たいひざにポツリとひとつ

ケイタイくん

はやくベルを鳴らしておくれ
はやくブルッときておくれ
おふろあがって見てみても、
いつも「キーンウサムコウ」です
たまにゃ「着信アリ」なんて、気きかして出してろよ
はやくベルを鳴らしておくれ
はやくブルッときておくれ
あの子のベル音かえてるんだよ
はやくそいつを聞かせろよ
シカトしてんじゃねーこのヤロー

ん？、
もしや壊れているのでは？・
家の電話でかけてみて、鳴ってる、鳴ってる
よかった、よかった、って俺はいったい何してんだ!?
どーでもいいから、たのむから
はやくベルを鳴らしておくれ
はやくブルッときておくれ
あの子の声をとどけておくれ、
はやくしてくれ、ケイタイくん

大切な人へ

私の大切な人へ
人生は色々あるものです
楽しい日
ヒマな日
ウレシイ朝
泣きたい夜
まちどおしい明日
忘れたい昨日
誰もが様々な場面で
それぞれの価値感で
自分なりに戦っていくのです
自分なりに進んでいくのです
だからこそ後ろを向いている暇はないのです
前向きに
かかって来いってなもんで行くのです
そして隣には私が居るのです
隣の私はあなたにとって
力不足で頼りないかもしれませんが
今もてる精一杯の力で
あなたに追風を送るでしょう

私の大切な人へ
人生は色々あるものです
楽しい日
ヒマな日
ウレシイ朝
泣きたい夜
まちどおしい明日
忘れたい昨日
精一杯がんばって下さい
そんでもって笑って下さい
隣には
私が居ますので

少年よ

バカやれヘマやれタタかれろ
そして人は成長する
バカやれヘマやれタタかれろ
そして人は強くなる
バカやれヘマやれタタかれろ
そして人は輝きだす
バカやれヘマやれタタかれろ
そして男は磨かれる
バカやれヘマやれタタかれろ
そして女はきれくなる
バカやれヘマやれタタかれろ
そして大きな大人になる
バカやれヘマやれタタかれろ
遠慮するなよ少年よ
バカやれヘマやれ少年少年よ

ねむろう

ねむるなら、何も考えず
ただ、電気を消すように
すべてを忘れてねむればいい
明日悩めることは明日でいい
今日のことは終ったこと
つかれた体をいやしなさい
ねむるなら、何も考えず
電気を消すように
すべてを忘れてねむればいい
心のスイッチをオフにして。

笑うのだ

僕は笑うのだ
どんな時も笑うのだ
なぜだって？、
笑いは人の心を和ませる
笑いは自分の心を温かくする
人のために、自分のために
同じ時間、同じ人生
どうせやるなら笑ってやろうぜ
しんどい時でも笑い飛ばそう
悲しい時なら、なおさらさっ
だから僕は、笑うのだ
人のために、自分のために
同じ時間、同じ人生

振りかえるな

今まで来た道を振りかえってみる
思い出して顔がひきつる
後悔なんて誰だって1つ2つはもっている
そんなの生きてりゃあたりまえ
少しくらい立ちどまって
考えてみるのは悪くない
でも、振りかえってもしょうがない
そのうち時間が流れてしまう
前から来るチャンスも目に入らない
あれ!?
むこうの方で60才の自分が
こっち振りかえって後悔してる!!
後ろを気にする暇はない
さあ、行こう!!

ゆうだち

苦しいぐらいに悩んだこと
泣きたいぐらいに傷ついたこと
そんな昔ってあるよね
でも今はどう？
そんなことあったなんて
ウソみたいに君は笑っている
だからね
結構今の悩みなんて
通りすぎれば忘れてしまう
ゆうだちみたいなもんなんだ
今を耐えてがんばろう
太陽はきっとあらわれる
そしてきっと笑うんだ

幸と不幸

幸とは何だ、不幸とは何か？
どこまでいけば幸なのか
どこまでいけば不幸なの？
失敗をプラスに考える者もいる
成功をマイナスにとらえる者もいる
まずしくても明るく笑う人もいれば
豊かでも冷たい目の人もいる
結局のところ
幸だ不幸だは
あなたのもっている環境ではなく
あなたのもっている心の豊かさなのだろう
あなたの心のあたたかさなのだろう

忘れかけた横顔

忘れかけたあなたの横顔を見た
同じ車両の、同じ列の
シートにすわったあなたを見た
あなたとの距離は5mなのに
恐しく遠くに感じた
「もう、関係ないだろ」と心に言いきかせながらも
なぜか、笑って話しかけてくるイメージが頭をよぎる
あなたが降りるのは次の次
僕が降りるのは2つ前
少し前まで並んですわり
少し前まで手を振ってわかれた
今は、
僕の存在に気付いたあなたの視線をくぐって電車を降りる
あなたの顔は見れなかった
あなたの瞳は見れなかった
あの頃の気持が蘇りそうでこわかった

そして電車に背をむけた
忘れかけたあなたの横顔を見た
同じ車両の、同じ列の
シートにすわったあなたを見た
あの頃と変わらない、あなたの姿
あの頃と変わらない、あなたの髪
変わったのは2人の気持ち
変わってしまったのは
季節とあなたと私の気持ち

スピード

速くなる　速くなる
車がどんどん速くなる
列車がどんどん速くなる
飛行機がどんどんどん速くなる
とどまることを知らない人間のスピード
地球がゆっくりゆっくり育てた命の中で
人間よどこへ行く？
そんなにスピードをあげて
速くなる、速くなる
とまらない、とまらない
地球がゆっくり、ゆっくり育てた命を
人間がそのスピードで汚していく
そのスピードでこわしていく
そして自ら死に行くのか？
その恐るべきスピードで

命の歌

暗い夜の田舎道
田んぼのカエルの大合唱に混じり
キィキィという自転車の音
さみしく、男が1人家路を行く
全ての不幸をしょい込んだような暗い顔で
あなたには聞こえてますか？
この大合唱が
彼らは今しかないとばかりに大声をだす
彼らに中途半端なんて言葉はない
今もてる全ての力を出して命を燃やす
暗い夜の田舎道
さみしい男が1人
よく聞いてごらんなさい
カエル達の命の歌を
そして、誰かに伝えて下さい
あなたの命の歌を

孤独の箱

人の群れが集まる巨大な箱、皆どこへ行く?
遠くを見つめる女性、目を閉じる若者
ブツブツ口を動かす老人
大きな箱の中で、揺れながら
様々な人間がどこかへ向かう
見なれた風景も、ふと考えれば不思議だ
こんなにも身近に人を感じながらも言葉をかわすことなく
それぞれが、それぞれの世界をもち
それぞれの場所へ散って行く
これほど近くて遠い存在もないだろう
これほど集団でいるのに、孤独を感じる所もないだろう
そして今日も動き出す
終点は一つだが
それぞれの目的地は数知れない
それぞれの価値感は数知れない
僕もその中の一人になって目的地へと向かう
この孤独な集団の集まる
不思議な箱に乗って

あたってくだけろ

目標発見！
先制攻撃！
相手が出て来た
ひるむな・ひるむな！
だからといって
あせるな・あせるな！
正前攻撃もいいけれど
裏をかいての奇襲もグー
あとは野となれ山となれ
つっぱしって、攻撃・攻撃！！
うって、うって、うちまくれ！
恋のミサイルうちまくれ！
あなたの心の大きな壁を
コナゴナにするその日まで！！
後悔することないように
全ての武器をつかいきれ
さぁ 目標確認！
全速前進！！

車窓から

人間なんてちいせぇな、なんて
車窓から世界をのぞいてそう思う
この世界に対し、自分の存在というのは
僕の体に対し、細胞1コ分ぐらいなのか、どうなのか
きっと　それぐらいちいさいのだろう
そんなちいせぇこの僕が
こんなどでかい世界の人々に
感動や勇気を与えれる人間になれたらスゴイなと
大きな夢を描きながら
今日も世界をながめてる
小さな列車の
小さな車窓から

人生上々だ

おいらはいつもハッピーさ
つれもみんなナイスガイ
つらい時でも涼しげに
泣きたい時でも明るくほほえむ
足元なんか見やしない
ふりむきなんて
しません しません
口笛なんかふきながら
肩で風を切りながら
クールにスマートに切りぬける
おいらの人生上々だ
おいらの愛する全てのものを
おいらのこの手で守るのさ
そんでもって笑うのさ
おいらはいつもハッピーさ
つれもみんなナイスガール
おいらの人生上々だ
あしたもきっと笑ってら

あの橋を渡れ

誰にでも溜息の出る時はある
誰にでもうつむきたい時はある
完全な人間などいやしない、
無欠の心などありゃしない
感情のある生命体
プログラムに従って動いてんじゃない
くだらない事で落ち込むし、
ささいな事で気持ち高鳴り燃えあがる
思ってもない力がわきあがり大きな壁ものりこえる
だから、もう一度
前を見てみな、周りを見渡せ
声を張り上げ、走り出してみろ
そうさ、あの橋を渡れ
あの階段をかけあがれ
暗い廊下を走りぬけ、その先の扉を開けてみろ

いつか

いつか、息をのむ瞬間が来る
いつか、胸を張る瞬間が来る
だから今、目の前の
あの橋を渡れ
自分の足と手と、その勇気で

ユキチは泣かない

親友はいるかい？
心をゆるせる人
涙を見せれるヤツはいる？
自分一人じゃ越えられない壁がある
自分一人じゃ耐えられない夜がある
自分一人じゃ笑えないことがある
大切な友、大切な人
支えて、支えられて生きていこう
お金も当然大切さ
大切なのはわかってる
でも
ユキチは僕をはげまさない
どんなにつらくても
どんなにうったえても
マユひとつ動かさない
ユキチは涙を見せないよ

忘れたい気持ち忘れない強さ

忘れたい気持ちがあった
がんばって忘れてみた
つらかった思いどこかへ行った

忘れたい気持ちがあった
がんばって忘れないようにしてみた
今でも心に残ってる、、、
だけど
忘れないでいたことで
よろこびが幸せに変わってた
大切なんがかけがえのない人に変わってた

忘れたいという気持ち
忘れてみたら　それまでだった
忘れない強さ
もってみたら幸せになった

想い

僕は少し背がひくい
だからあなたとつりあわない？。
僕は学歴ないんだよ
だからあなたとつりあわない？。
貯金もほとんどございません
だからあなたとつりあわない？。
あなたの求める才能は
一つもないかも知れません
それでもあなたを想う気持ち
誰にも負けること、ありません
僕は少し背がひくい
だからあなたとつりあわない？。
僕はあなたを心から
大切な人だと思ってます
守っていきたいと思ってます
その“想い”をもってしても
あなたは私とつりあわない？。

うちまで歩いて

長い道のりを 歩いて、歩いて
冷たい風をガマンして
一歩ずつふみしめながら 歩いて、歩いて
少しずつでかまわない
前に進めばそれでいい
一歩足を出すたびに
僕のうちが近くなる
明るく、温かい、
僕のうちがまっている
誰にでも、前見て進んで行くかぎり
幸せな未来がまっている
温かい、うちが姿を見せる
きっとあの坂を越えたら見えるんだ
あのトンネルをぬけた、その先だ
だから今日も 歩いて、歩いて
そして明日も 歩いて、歩いて

勇気

勇気なんていうものは
自然にわきあがるものじゃない
勇気とは
与えるもの
そして
与えられるもの
僕が一歩ふみ出す力
それはあなたがくれた勇気の力
そう
勇気は 与えられることにより生まれる力
あなたがこの先の道のりで
どうしてもふみ出せない 気持ちの時
私が与える勇気の力で
ふみ出せたなら幸せです
あの時あなたがくれた
勇気のように

スーパースター

遠すぎて　高すぎて　あきらめてしまう
近すぎて　低すぎて　めんどうくさい
遠い遠い夢に追いつくスーパースター
高い高い目標を越えるスーパースター
それは
近い近い今を
低い低い障害を
少しずつ　少しずつ
自分の力で戦える人なんだろうね
君が今日をがんばるなら
そして明日をがんばれるなら
すでに資格はあるんだよ
スーパースターの資格がね

20代の君へ

オヤジはただ今20代
おまえもただ今20代
どんな顔の人間だろう
男か、女か、何なのか。
オヤジはどんなだ、ええやつか？。
ハゲだか、デブだか、何なのか
20代のおまえとオヤジ、一緒に話せればいいのにね
たぶん、オッサンになったオヤジには
20代の気持ちは残ってない
でも、書き残すことはできるから今の気持ちを残します
今の気持ちを残します。
文字というべんりな道具を使ってね。
おまえがこれを見た時に
いったい何を思うでしょう
いったい何を感じるでしょう
できれば、そこのオヤジにね。
教えてやってはくれませんか。

そして中途半端なオヤジなら
おまえがそいつに言ってやれ
も一度コイツを読みやがれってね
この本が
おまえのためになれば幸せです
おまえにとどけば幸せです
20代の君へ
20代のオヤジより

夏の想い

あー
部屋の窓から顔出して
遠くの光を眺めてる
ふー
一人部屋から顔出して
遠くの音を聞いている
そー そー
そういや、そういえば
色んな人達とあの光
眺めて今まで来ましたなぁ
とうさん、かあさん、
じーちゃん、ばーちゃん
きょーだい、ともだち
こいびとさん
そうだ、そうそうたくさんの
色んな夏を越えて来た
色んな人をめぐって来た
そして今にいたってる

そして僕はここに居る、
で、
光に遅れて鳴る花火
一人さみしく見るこの夏、
肩を落として見るこの夏
きっと懐かしくなるだろな
俺のすんごく大切な誰かと並んで見る時に
ほら!!
大きな光に大きな音
これがこの夏最終の
でっかい花火にまちがいない
そして
これが、また来る夏の
でっかいスタート合図にまちがいない

かたぐるま

かたぐるま　かたぐるま
あなたに乗って　かたぐるま
何でもとどきそうな気がしたよ
何でも見えそうな気がしたよ
あなたにささえられて　かたぐるま
あなたのあたたかさを憶えた　かたぐるま
かたぐるま　かたぐるま
君をのせて　かたぐるま
君ひとりではとどかないこと
君ひとりでは見えないこと
下からささえて　かたぐるま
君の幸せそうな、この景色
下から眺める　かたぐるま
ささえて、ささえられて、
信頼して、信頼されて
幸せなんだよ
かたぐるま

いつなるねん

今日はちょっと疲れたね、ひと休みしてからガンバロー
あら でももう12時だ
明日にしよう 明日にねっ
いやいや明日は花金だ！土、日は遊ぶしいそがしい
来週ガンバロ。それでいこっ
まてよ、まてまて来週は彼女と旅行だ、べったりだ
そやから、来週もムリですなぁ
そーいうことになりますと、来月ということになりますね
心機一転やるしかない！
でもでも、よくよく考えたら
そんなにあせることでもないやんか
マイペ、マイペ、マイペース！
まぁ まぁ 今年中にはやったるねんっ
俺がその気になったなら、
そう そうその気になったらねっ
スパッと軽くやっちゃうよ。
ちょっと君、君まちなさい、その気 その気と言うけれど
いったい それは
いつなるねん

大切なもの

今君が手にもってるもの
今君のとなりにいる人
さもあたりまえの様にそこにある
なくなるなんて
いなくなるなんて
〝ある〟のが〝いる〟のが
あたりまえになってしまったから
その大切さがマヒしてしまう
今の君をささえているもの
それは
そのあたりまえのものじゃない？
なくさないよう
失わないよう
あたためないといけないんだよ
君のその手の
大切なものを

著者プロフィール

菅《すが》井《い》たいる（本名：菅《すが》井《い》克《かつ》俊《とし》）

昭和50年８月７日生まれ。

兵庫県小野市出身。

大切な自分と誰かのために

2001年2月15日　初版第１刷発行

著　者　菅井たいる

発行者　瓜谷綱延

発行所　株式会社文芸社

〒112-0004 東京都文京区後楽2－23－12

電話03-3814-1177（代表）

03-3814-2455（営業）

振替00190-8-728265

印刷所　株式会社フクイン

乱丁・落丁本はお取り替えします。

ISBN4-8355-1048-8 C0092